U0146486

伊戈尔出征记

李锡胤 译

商务印书馆
创于1897
The Commercial Press

СЛОВО О ПЪЛКУ ИГОРЕВѢ

汉译世界文学名著丛书
出 版 说 明

　　1902 年，我馆筹组编译所之初，即广邀名家，如梁启超、林纾等，翻译出版外国文学名著，风靡一时；其后策划多种文学翻译系列丛书，如"说部丛书""林译小说丛书""世界文学名著""英汉对照名家小说选"等，接踵刊行，影响甚巨。从此，文学翻译成为我馆不可或缺的出版方向，百余年来，未尝间断。2021 年，正值"汉译世界学术名著丛书"出版 40 周年之际，我馆规划出版"汉译世界文学名著丛书"，赓续传统，立足当下，面向未来，为读者系统提供世界文学佳作。

　　本丛书的出版主旨，大凡有三：一是不论作品所出的民族、区域、国家、语言，不论体裁所属之诗歌、小说、戏剧、散文、传记，只要是历史上确有定评的经典，皆在本丛书收录之列，力求名作无遗，诸体皆备；二是不论译者的背景、资历、出身、年龄，只要其翻译质量合乎我馆要求，皆在本丛书收录之列，力求译笔精当，抉发文心；三是不论需要何种付出，我馆必以一贯之定力与努力，长期经营，积以时日，力求成就一套完整呈现世界文学经典全貌的汉译精品丛书。我们衷心期待各界朋友推荐佳作，携稿来归，批评指教，共襄盛举。

商务印书馆编辑部

2021 年 8 月

谨以此译注本纪念20世纪50年代教导过我的苏联专家们。

李锡胤敬识

译　序

　　《伊戈尔出征记》（«Слово о пълку Игоревѣ»）是俄国古代文学中一部最优秀的作品，被称为爱国主义的英雄史诗。无论其思想性、艺术性还是其语言特点、文体特征等，对后世文艺创作都有极大影响。为了便于我国广大读者（包括俄国文学研究者）了解作品的形式和内容，我们在"译序"中极简要地列出几个要说明的方面，首先是历史背景，然后是语言特点、文体特点以及文本等。这些方面在本书的译文和脚注中都有逐字逐句的阐述。我们根据《伊戈尔出征记》的多种抄本和译本以及许多专家学者的研究、评注和诠释，加以重点筛选和简要综合，并结合自己的学习和研究，力求把《伊戈尔出征记》比较完整地奉献给读者。

历史背景

　　古代罗斯在 9 世纪末"先知"奥列格时代开始开拓领土，912 年前后奥列格逝世时东斯拉夫部落大部分归入罗斯范围，政治重心位于基辅。他的孙子斯维亚特斯拉夫一世（Святослав Ⅰ，见"罗斯诸侯世系表"Ⅱ-1）继续以武力扩张国土，后败于拜占庭，971年撤军回国，中途被杀。

斯维亚特斯拉夫一世死后，三个儿子争夺大公宝座，诉诸武力，亚洛波尔克（Ярополк，Ⅲ-1）和奥列格（Олег，Ⅲ-2）俱战死，符拉季米尔一世（Владимир Ⅰ，Ⅲ-3）继立。988年符拉季米尔一世接受基督教为国教，巩固了封建制度，加强了同欧洲各国的交往，促进了文化发展。

1015年符拉季米尔一世逝世，子亚洛斯拉夫（Ярослав，Ⅳ-3）继为基辅大公。他远见卓识，号称"智者"；在他统治下，基辅罗斯发展到经济、政治、文化的鼎盛时期，编纂了最早的一部《罗斯法典》。他生前安排三个儿子分治南俄：斯维亚特斯拉夫二世（Святослав Ⅱ，Ⅴ-4）在车尔尼戈夫，伊札斯拉夫（Изяслав，Ⅴ-3）在基辅，符塞伏洛德一世（Всеволод Ⅰ，Ⅴ-5）在佩列亚斯拉夫尔。1054年"智者"亚洛斯拉夫临终遗命儿辈不得内讧；然而，言犹在耳而战祸连接。

11世纪后半叶罗斯内战分为两场对抗。一场是"智者"亚洛斯拉夫一房与其异母兄弟波洛茨克公伊札斯拉夫（Изяслав Полоцкий，Ⅳ-1）的孙子符塞斯拉夫（Всеслав，Ⅵ-1）之间的对抗（1067年起，参见第38页脚注②）；一场是"智者"亚洛斯拉夫房内亲兄弟之间的对抗。

另一方面，1054年编年史开始提到波洛夫人从东方来到黑海和高加索北部草原。12世纪中叶波洛夫地盘扩至罗斯东南部。"智者"亚洛斯拉夫的三个儿子内讧时，往往勾结波洛夫人去攻打自己的兄弟。

12世纪中叶车尔尼戈夫、加利奇、波洛茨克和苏兹达尔诸公国实际上脱离基辅大公的控制，互相削弱。有识之士认识到罗斯需要联合起来，共御外敌。1097年符拉季米尔·莫诺马赫（Владимир Мономах，Ⅵ-7）倡议召开柳别奇会议，承认各公爵有权治理世袭领地，以免互相争夺地盘；会议声称"自今之后，誓同一心"。然而，信誓旦旦，无济于同床异梦；争权夺利，干戈不息。《古史纪年》（亦译为《往年纪事》，《Повесть временных лет》）载基辅百姓向莫诺马赫请愿："吾等陈情公爵阁下及若兄若弟，勿毁我邦。诸侯纷争不已，恐蛮貊之徒坐收渔人之利；列祖列宗惨淡经营、卫国拓疆之事业，行将废于一旦，则公等何以辞国土沦丧之咎。"

1180年奥列格（Олег，Ⅵ-5）的孙子斯维亚特斯拉夫三世（Святослав Ⅲ，Ⅷ-3）和莫诺马赫的曾孙吕利克（Рюрик，Ⅸ-21）争夺基辅大公地位之战以后者胜利而结束。但不知什么缘故，吕利克把基辅城拱手让与斯维亚特斯拉夫三世，而自己保留基辅公国的其他地区。于是形成二王并存局面，即奥列格一支与莫诺马赫一支对峙。

奥列格的子孙，即斯维亚特斯拉夫（Святослав，Ⅶ-4）一派［包括伊戈尔（Игорь，Ⅷ-6）在内］本来与波洛夫人关系较好，但自从吕利克到基辅后，斯维亚特斯拉夫一派改变政策，转而与莫诺马赫的子孙联合反对波洛夫人了。

1183—1185年，吕利克和斯维亚特斯拉夫数次与波洛夫人打仗，斯维亚特斯拉夫三世（Святослав，Ⅷ-3）的堂弟伊戈尔未及参加；1185 年 4—5 月，伊戈尔事先未告诉基辅大公斯维亚特斯拉夫三世，擅自出征。

《伊帕吉夫编年史》记载了古俄历 6693 年（即公元 1185 年）伊戈尔出征经过，原文如下：

奥列格之孙伊戈尔于四月二十三日（星期二）约弟（特鲁勃契夫斯克之）符塞伏洛德，侄（雷尔斯克之）斯维亚特斯拉夫及子（普季夫尔之）符拉季米尔离诺夫戈罗德-塞维尔斯克；更从（车尔尼戈夫之）亚洛斯拉夫乞得雇佣兵增援，由普罗科洛夫之孙奥利斯金统领同往。队伍缓辔徐行，沿途增募乡勇；又经冬马肥，恐疾驰伤胫。

军次顿涅茨河上，向晚，伊戈尔举目望天，见日昏如眉月，顾谓亲兵曰："此兆主何？"众嗫嚅曰："我公阁下，恐非佳兆！"伊戈尔曰："诸君，上天之秘，谁能知之？普天之下，莫非帝造，祸福吉凶，且俟来日。"言讫，策马渡河。

至奥斯科尔，留二日，俟胞弟符塞伏洛德率部从库尔斯克来会。联辔至萨尔尼察河，侦探还报："前方有敌军，武装戒备；或迅击之，或速退；时不宜迟。"伊戈尔与众将计议："不战而返，何颜见罗斯父老？惟上帝是凭。"彻宵趱行。

次日（星期五）亭午，遭遇波洛夫军列阵待战：辎重、篷车在后，少长咸集于秀乌尔里河彼岸。罗斯军分六部：伊戈尔居中，弟右翼，侄左翼；前方则子符拉季米尔居中，辅以奥利斯金统领之雇佣兵；最前方位置从各部精选之弓弩手。

伊戈尔谓诸将曰："诸君，求战得战，复何憾？"乃前，无反顾。及至秀乌尔里河之滨，未渡；彼岸波洛夫弓弩手人发一矢辄退，稍远之敌亦退。斯维亚特斯拉夫、符拉季米尔、奥利斯金率众强渡逐北，伊戈尔与符塞伏洛德勒部缓随。罗斯前锋痛击敌军，掳掠无算。波洛夫人弃篷车而遁，罗斯士卒掳人劫货，深夜乃止。

伊戈尔召诸将及亲兵曰："上帝以其威力致敌于溃败，宠我以荣耀。然敌势甚众，我宜乘宵退师。明日随至者亦退。惟强骑兵可涉河。（译注：此句原文意思不明。）吾等为将者，惟听天由命而已。"斯维亚特斯拉夫对曰："我部逐北奔走，战马玄黄。如复行军，恐将掉队。"符塞伏洛德亦谓沄可小休。伊戈尔乃曰："明其缘由，虽死无悔。"遂原地露宿。

星期六之日，晨光初吐，波洛夫军掩至，围如密林。罗斯诸将未辨从何攻击，盖遍野蜂涌，望之无极。伊戈尔曰："今者波洛夫部落几若举国汇集于此；康恰克、葛札克、托克索比奇、叶捷比奇、捷尔特罗比奇诸酋悉倾巢来矣！"诸将乃下马，且战且走，期近河岸："吾等为将者若身先逃命，置士卒于不顾，是犹委之刀锯，将得罪上帝。不如决战，死则同死，生则同生"。于是步战。事有不幸者，伊戈尔左臂受伤；主帅失利，全军怃然。

如是鏖战终日，至傍晚，罗斯军死伤甚众。星期六夜，挥戈犹斗。次日黎明，雇佣兵士气沮丧，脱逃；时伊戈尔因伤据鞍上，见状驰前，欲加劝阻。离队既远，伊戈尔脱盔为记，俾逃者识其为统帅而随之重返前沿。然而除米哈列克·尤利耶维奇一人外，终无响应者。其余部队中无有尾雇佣兵而遁逃之人；有之，亦新募之亲兵中少数小卒而已。众将士且战且走，符塞伏洛德尤骁勇超群。

伊戈尔驰回，距己部仅一箭之遥，波洛夫人阻断去路，将其生擒。伊戈尔受缚，目击符塞伏洛德作困兽斗，乃自求速死，庶不见胞弟眼下丧生。当此之际，符塞伏洛德有敌无我，手中剑戟尽折，步步循湖滨相与周旋。此日曜之日，上帝迁怒于我罗斯，于卡亚拉之滨。不赐福禧，反致涕泪；不降欢乐，反令悲戚！

伊戈尔自怨自艾："回首前尘，吾知罪矣。吾尝虐杀生灵，于基督之国造成流血事件，不恤信士，暴力攻取格列波夫城。吾使无辜教民深蒙祸害：父母失其子女，兄弟友朋相失，夫妻诀别，情侣分飞。民众陷于掳掠之苦而悲啼。生者转羡死者，而临死者暗自庆幸了此殉教者火焰考验之劫；老者填沟壑，少者被重创，男儿碎尸殒命，女子含冤受辱。我实为之！忝吾所生。今日之事，上帝罪我。吾弟何在？吾侄何在？吾儿何在？多谋之近臣何在？勇武之亲兵何在？士卒何在？骏马、宝刀何在？我岂尽失所有而委微命于蛮貊之手？此殆上帝怒我不德而施以惩罚，亦作恶自毙之理也。上帝至公，处事不阿，此间已无容我之地。我目睹他人戴棘冠之苦，何不令我一人代众生戴此棘冠？但求我主，勿终弃我，愿发慈悲，遍护下民。"

波洛夫人胜局已定，分押战俘：伊戈尔归奇尔布克，符塞伏洛德归罗曼·克孜奇，斯维亚特斯拉夫归叶尔杰楚克，符拉季米尔归科普基。而康恰克悯亲翁伊戈尔之伤，愿负监管之责。

罗斯士卒生还者寥寥。故军围如铁墙，插翅难飞。幸存者仅得一十五人；[1]而临阵脱逃之雇佣兵全生者尤少，几全溺于海。

斯维亚特斯拉夫大公巡视卡拉切夫，招募上游兵勇，准备对波洛夫人实施夏季攻势。归次诺夫戈罗德－塞维尔斯克，闻堂弟二人擅自出征，心中不乐。

大公乘船至车尔尼戈夫，适逢别洛沃罗特告知战况，大公太息流涕曰："吾之昆仲乎，犹子乎！罗斯大地之子

---

[1]　据塔季谢夫（В. Н. Татищев）《俄国史》：此役被俘约 5000 人，生还约 215 人。

民乎！上帝曾赐我力量，数胜波洛夫异军；乃汝等少不更事，急功近利，启国门以揖群盗。凭上帝旨意！吾方怨伊戈尔之鲁莽，今则怜伊戈尔之败北矣！"

嗣后，大公遣儿辈奥列格及符拉季米尔赴帕塞米；因闻该地百姓慌张，悲伤与忧郁，前所未闻；诺夫戈罗德－塞维尔斯克及车尔尼戈夫亦如之。公爵及将士被俘，逃生者狼奔豕突；城镇惊恐，人心惶惶，哀亲人之不幸，悯王公之幽絷。

大公晓谕斯摩棱斯克公达维德云："本拟今夏与蛮貊从事，消溽暑于顿河之上。今伊戈尔蹉跌，子、弟同囚；公其来！共图保金瓯而拯罗斯。"达维德循第聂伯南下，各路诸侯亦稍来会于特里帕叶。亚洛斯拉夫留驻车尔尼戈夫招集部曲。

波洛夫既胜，跋扈飞扬，不可一世；爰集将士，谋攻罗斯。康恰克曰："宜取基辅，弟兄数辈及大长波尼亚克均失利于是城。"葛札克曰："宜攻塞姆，该地惟留女流少童，束手待擒，我军到日，囊中探物耳。"于是分兵。康恰克兵临佩列亚斯拉夫尔城下，围之，日夜攻关。

佩列亚斯拉夫尔公符拉季米尔勇敢善战，启关，纵马入敌阵，惜乎后续无多，寡众势殊，被围。城中守军遥望公爵孤军陷阵，蜂拥而出，夺回公爵。勇武之符拉季米尔，为国忘身，中三戟然后返。

符拉季米尔遣使向斯维亚特斯拉夫、吕利克及达维德告急："波洛夫攻吾急，速驰救！"斯维亚特斯拉夫大公转咨达维德，斯时后者率斯摩棱斯克兵勇次于特里帕叶，兵勇集会声称："吾辈为援基辅而来，基辅有事则战，他处之战，未愿与闻；兵疲马羸矣！"大公偕吕利克及其他援军沿第聂伯而下。达维德返防。

围佩列亚斯拉夫尔之波洛夫军闻援至后撤，途经历莫夫。历莫夫闭关固拒，兵、民登城堡之垣而守望焉。然天意难违：城垣塌陷，死伤者众，全城惶恐。少数军民突围，战于沼地，终得生遁；而困于城内者悉沦为俘。

符拉季米尔复请援于斯维亚特斯拉夫及吕利克。二人迁延以待达维德麾下之斯摩棱斯克部，未及邀击于前，坐使波洛夫陷历莫夫，掳掠而去。罗斯诸公乃返本疆，为重伤之符拉季米尔，为被俘之基督子民而痛心疾首。上帝因罪而祸我罗斯；使异军得胜，非厚彼也，实惩我尤，令我忏悔，不敢为恶。更遣异军侵入我土，俾我自省，永绝罪恶之路。

波洛夫别部溯第聂伯进逼普季夫尔。此即葛札克所率之军也；烧杀踩躏，尽毁沿路村镇及普季夫尔外城而后撤返。

伊戈尔在絷之日，喟然叹曰："天帝在上，余罪有应得，此次败北，实由天意，非敌将行阵之能。余自作孽，不可赦也；固应遭此屯蹇，岂敢怨尤？"

波洛夫人重伊戈尔之序爵，不为泰甚。置甲兵十五，并将门子五，总二十人监视之。伊戈尔公仍能自由郊行，或狩猎，仆从五六人相随，听公差遣，悉无异议。伊戈尔特邀牧师一名，从罗斯来主圣事，盖此际犹天意未明，故作久居计。而上帝感应基督徒之祷告，悯下民因伊戈尔而悲痛，已有赦之之意。

当是时，名为拉维尔之波洛夫人入见，善意相告："我伴汝偕逃何如？"伊戈尔初不之信，且出于自尊，誓与部下亲兵留则同囚，去则联辔。因答曰："荣誉为证，弃亲兵而自遁，贻人笑柄，我不为也。"复有千夫长之子及马僮来说："公爵乎！首途罗斯，天或垂怜！"然伊戈尔以为时机未至。

再次，波洛夫酋自佩列亚斯拉夫尔退师，将返。亲信谓伊戈尔曰："彼之画策，容或未副天意。然公如有心，无妨偕其脱逃，未必不成。吾等窃闻①（波洛夫大军行将奏凯归来，）酋长将尽杀诸公及罗斯士卒。君何不早作良图乎？君甘身死异域为天下笑乎？"

伊戈尔心怦然动，计乃决。然而监视在侧，脱身非易。某日将夕，遣马僮密语拉维尔："备兼马俟我于托尔河彼岸。"盖既有成言，彼此心照。

---

① 据《俄国史》：千夫长之子与酋长之妻私通，闻讯于床笫之间。

是夕，波洛夫人痛饮马乳佳酿。夜渐深，马僮来告：拉维尔已迟于河滨。公爵肃然起，俯首礼圣像及十字架，微祝曰："上帝实鉴我心。弟子负罪，愿主佑之！"乃挟十字架并圣像，塞帷而逸。熙熙众人，正狂歌痛饮，以为公爵早入梦乡。

伊戈尔行至河边，涉河而过；两人乘马穿敌营而去。此则全曜日之夜也。公爵徒步行十一日，始抵顿涅茨城；继由顿涅茨返诺夫戈罗德－塞维尔斯克，全城欢腾。复抵车尔尼戈夫，见兄长亚洛斯拉夫，求援帕塞米，亚洛斯拉夫喜而许之。伊戈尔乃至基辅谒斯维亚特斯拉夫大公。大公及伊戈尔之亲翁吕利克皆大欢喜。

语言特点

本书充分反映了 12—13 世纪古俄语在语音、形态变化、句法和词汇等方面的特点。由于当时俄语正处于迅速变化的时期，很不稳定，所以"例外"情况很多。例如全元音组与非全元音组混用、各类变格法互相影响、某些动词变位法新旧形式杂出、无前置词结构与前置词结构交错等等。而方言（如诺夫戈罗德方言、普斯可夫方言等）的影响也不时可见。有了基本的俄语史及俄语方言知识，再读本书，就像做一整套丰富多彩的综合练习。

文体特点

本书的文体特点有四个方面。

一、书面体与口语体相结合。10—11世纪古罗斯的文学体裁主要借鉴于拜占庭文学和保加利亚的宗教－醒世作品和世俗作品。同时罗斯民间口头文学的影响也很大，反映在编年史中，也反映在本书中。利哈乔夫院士（Д. С. Лихачев）指出：本书开头用的书面体，越到后来口语色彩越浓。

二、слово（武功歌）体裁与плач（哀歌）体裁相结合。前一特点表现在抚今追昔、慷慨悲歌的段落，广泛应用历史词语、军事词语和狩猎用语。后一特点则在"哭夫"中表现得淋漓尽致，泪尽继之以血，简直是一曲哭丧歌。

三、本书不是静态的、冷淡的叙述，而是动态的、充满感情的声诉。所谓抒情插笔（лирические отступления）与故事情节紧密结合在一起。"罗斯大地！你落在了冈峦后边。"——很难确定这是出征战士说的话，还是作者激动之言。又如"金言"之后的几大段向诸侯呼吁：有的学者认为是"金言"的后续，有的认为是作者的补充。其实，不管出自何人之口，反正道出了时代的呼声。马克思说："《伊戈尔出征记》正好在蒙古人入侵前夕呼吁罗斯团结起来。"

四、全书情节由下列几对矛盾体组成：（1）罗斯人—波洛夫人，（2）人—自然，（3）城池—"陌生之地"，（4）光明—黑暗，（5）悲痛—欢乐，（6）现在时—过去时，（7）作者—博扬。

关于疑窦

本书有几处疑窦，注家及译家见仁见智。有的学者［如雅各布森（Р. Якобсон）］似乎对文本持"疑古"态度，动辄改动原文，有时越改越糊涂；有的学者"守定"原本，千方百计加以疏凿。例如"金言"开头，大公把堂弟称呼为侄子，殊不可解。有的注家硬说"大公地位高，故以长辈自居"，这是牵强的。其实《伊帕吉夫编年史》中原记载为"我的弟兄和侄子"，显然是手民遗漏。

关于作者

本书作者为何人？学者们提出种种猜测：

名歌手米图谢（Митусе）；

伊戈尔公爵本人；

加利奇大贵族彼得·鲍里谢维奇（Петр Борисевич）；

某千夫长之子；

千夫长拉古伊尔（Рагуил）。

我很同意利哈乔夫院士的见解：古俄语文学作品的特点之一是佚名，它们大都是人民的集体创作。

关于文本和重音

本书手稿是 18 世纪末俄国藏书家穆辛－普希金（Мусин-Пушкин）从修道院中得到的，1800 年第一版问世（所谓"首版"）；同时手抄了一部，呈叶卡捷琳娜二世女皇御览（所谓"女皇本"）。手稿毁于 1812 年拿破仑之火。但此后新的版本、翻译和注释本一直没有间断。

我所用的古俄语文本是根据科列索夫（В. В. Колесов）从重音学和韵律学角度加以整理过的分行诗体本。他认为古俄语文献中有两种重音，一种是普通的重音，另一种是辅助性的滑重音（скользящее ударение）。后者表示词可以稍稍拖长或稍稍加强（用′表示），这样使作品具有较为整齐的韵律结构，便于吟咏。我在页边加标行次，以便检索。因为译文不是照原文同样分行的，所以译文的行次为近似数。

我把科列索夫的文本与首版做了对照，它们基本是相同的，但少数地方科列索夫做了"修正"，使原来的"例外"情况改得合乎古俄语"规范"了。从版本学角度看，这样做当然是画蛇添足，但对普通读者来说是方便多了。

关于翻译

这里基本上采用逐句对照翻译，但不是逐字翻译，因为我以为逐字翻译往往貌合神离，尤其是诗歌作品。

叶廖明（И. П. Еремин）翻译本书时，把疑窦略而不译，俗语所谓"杀强盗"者也。我以为这样会使作品有残缺之感，所以尽可能选择与上下文相通的平淡字眼进行翻译，正像修复古画的人选择最不显眼的色彩涂盖破损之处一样。好在注释中列举各种解法，读者不至于盲从我的译文。

至于书名，现成的《伊戈尔远征记》也不坏。但是根据费奥多罗夫少将（В. Г. Федоров）考证，此次军事行动只是一次短期袭击，路程不过500俄里（合550公里）左右。比起更早的十字军东征或907、941、944年罗斯远征拜占庭来说，规模小多了，路也近多了。从这些考虑，我改译为《伊戈尔出征记》。

提起翻译，使我感动的是：斯捷列茨基（В. Стеллецкий）是在第二次世界大战中被围的列宁格勒城里将本书从古俄文翻译成现代俄语的。

《伊戈尔出征记》仅用现代俄语翻译的就有很多种，而且直到20世纪末（1998年）仍有俄国学者在将它译成现代俄语。此外，《伊戈尔出征记》被译成了几十种语言文字。中文版除本书外，还有魏荒弩教授翻译的《伊戈尔远征记》。

目　录

伊戈尔出征记 [①]

楔子 | 弟兄们，且听我用从前熟悉的调子，来吟唱斯维亚特斯拉夫的公子——伊戈尔 [②]——出征 [③] 的悲惨故事。

---

① 书名的现代俄文为 «Слово о полку Игореве»，在古罗斯文学中，слово 表示不同的作品：叙事作品、宗教醒世作品、传记作品等。本书称作 слово，也叫 повесть 和 песня，从内容看近似民间文学中的战士故事（воинские повести），从韵律看则近似诗歌（песня）。不少学者认为本书是史诗和抒情诗相结合的典范。

② 伊戈尔·斯维亚特斯拉维奇（Игорь Святославич，1150—1202，Ⅷ-6），教名格里戈里（Георгий）。1179 年继亡兄奥列格（Олег，Ⅷ-5）为诺夫戈罗德-塞维尔斯克公（属车尔尼戈夫管辖）。1198 年继亚洛斯拉夫（Ярослав，Ⅷ-4）为车尔尼戈夫公，地位仅次于基辅公。发妻早死，1184 年与尤弗洛西尼亚（Евфросиния，Ⅹ-1）结婚。

③ 此次出征约有 6000 至 8000 兵力，主要是农奴和游牧民，是骑兵袭击式的。辎重不多，征程 500 俄里，合 550 余公里。

伊戈尔此次出征的日程表：1185 年 4 月 23 日，从诺夫戈罗德-塞维尔斯克出发；5 月 1 日，越过北顿涅茨河上游；5 月 1 日晚至 2 日，向奥斯科尔河进发；5 月 3 至 4 日，与胞弟符塞伏洛德会师；5 月 5 至 8 日，向伊久姆进发；5 月 9 日，见到侦察兵，进兵至秀乌尔里河；5 月 10 日，首战得胜；5 月 11 日，波洛夫大军于卡亚拉河边包围伊戈尔的队伍；5 月 12 日，大败。

5　我要讲的是真人真事，而不是依照博扬^①的构思。

10　博扬博闻强识：若是他想歌唱谁，思绪就像松
　　　鼠在树^②上跳跃，像灰狼^③在野外奔突，像老
　　　雕在云间盘巡。

---

　　① 博扬不详何人。基辅索菲亚教堂廊柱上镌有此名，可见此名不假。本书中的博扬可能是斯维亚特斯拉夫二世（V-4）公府里的歌手，生活于11世纪，歌唱公爵的父兄叔伯等辈。

　　② 即"知识之树"，象征连通天界和地界之间的渠道，许多民族都有此说法。在异教信仰中往往指"生命之树"，庇护百姓。此处又或指诗歌的创作过程。

　　③ "灰狼"是俄国民间文学中常见的形象。

15

他一旦想起诸侯内讧，手中就放出十只雄鹰①；

　　抓住哪只天鹅，那天鹅就最先唱歌，歌唱老
亚洛斯拉夫②，歌唱当着卡索格兵众的面枪挑
列杰佳③的勇士穆斯季斯拉夫④，还有英俊的罗
曼·斯维亚特斯拉维奇⑤。

_____

① 古代鹰猎很普遍；公爵府中饲养好几只鹰，编成号，歌曲也相应编次
序。放鹰捕捉猎物时，哪一号鹰最早得手，乐师就奏相应的歌。以鹰猎比演奏在
俄罗斯和乌克兰民间文学中很常见。

② 指"智者"亚洛斯拉夫（约978—1054，Ⅳ-3），他的统治时期是基辅公
国政治、经济、文化的鼎盛时期，国力强盛，形成封建的统一局面，主持编纂了
《罗斯法典》。

③ 列杰佳，卡索格人（古罗斯人对居住在高加索的阿迪格人的称呼）的酋
长，与穆斯季斯拉夫（Ⅳ-4）兵戎相见，自以为力大无比，便说为了避免士卒伤
亡，愿与之单独角斗，以决胜负，负方士兵全部归胜方收编。穆斯季斯拉夫几乎
支持不住，便祷告圣母保佑，果然转败为胜，扼死列杰佳。

④ 穆斯季斯拉夫（Ⅳ-4）先后任特姆托罗康和车尔尼戈夫公。1022年在特
姆托罗康与列杰佳单独角斗。又以里斯特温娜之战（反对亚洛斯拉夫）而闻名，
史载此战"黑夜鏖战，只见闪电照耀刀剑"。

⑤ 罗曼·斯维亚特斯拉维奇（Ⅵ-4），特姆托罗康公，在内讧中帮助奥列
格（Ⅵ-5）勾结波洛夫人，1079年被波洛夫人所杀。

20　弟兄们，博扬不是放出十只追天鹅的雄鹰，这

是他机灵的手指触动灵性的弦索①，琴弦自动

为诸侯的荣耀而进鸣。

开场白　弟兄们，让我一笔带过老符拉季米尔②，开始讲

述现下的③伊戈尔：

25　伊戈尔用意志锻炼了智慧，用勇气磨砺了雄心；

他意气风发，率领所部，向波洛夫④草原为捍

卫罗斯大地而进军。

---

① 指"古丝理"琴，置膝上弹拨伴唱。

② 一说指符拉季米尔·莫诺马赫（Ⅵ-7），一说指符拉季米尔一世（Ⅲ-3）；
后说近似，他当政时基辅罗斯强大昌盛。

③ 即"目前的"，可见作者是伊戈尔的同时代人。

④ 波洛夫人，又称钦察人，属突厥族；11—12世纪在多瑙河与伏尔加河之
间的草原上和亚速海边进行游牧和渔猎。当时边界不太固定，本书中又说"到苏
拉河为界"，过河便是"陌生之地"。波洛夫人常骚扰罗斯土地。一部分波洛夫
人则移居罗斯地区，被称为"自家的波洛夫人"。

啊，博扬，你是时代的金莺！

对这样的壮士，你不能沉默无声。

你沿着"知识之树"探究，让才思飞上云端，

　　放声吟唱过去和现在，远循特洛扬①之路：越

　　过平野，通向高处；为后起的伊戈尔讴歌：

"这不是旷野上暴风驱赶飞隼，这是一队队寒鸦

　　向大顿河②飞集。"

----

　　① 本书四处出现"特洛扬"，对此有不同解释：有人认为是指古罗斯异教神之一，也有人认为是指东斯拉夫的月神、夜之神、建设之神，此外还有人认为是指塞尔维亚神话中的特洛扬王。

　　② 指顿河主流。

	先知博扬，诗歌神祇的传人，或者你就唱："苏
40	拉河边① 战马② 萧萧，基辅城内钟传捷报③，诺
	夫戈罗德④ 吹起军号，普季夫尔战旗飘飘⑤。"
会师	伊戈尔在等候亲弟符塞伏洛德⑥。
45	亲弟开口说道："伊戈尔，我唯一的兄长⑦，你是
	我世上无双的光。咱俩同属斯维亚特斯拉夫
	一房！"

---

① 指第聂伯河的左支流，12 世纪时是罗斯土地与草原（"陌生之地"）之间的界河。1107 年莫诺马赫（Ⅵ-7）与波洛夫人战于河边。

② 12—13 世纪打仗主要用骑兵，马匹十分重要。年轻公爵的成年仪式中就有"剪发""上马"等。

③ 指鸣钟传播胜利消息。

④ "智者"亚洛斯拉夫（Ⅳ-3）于 1044 年建立诺夫戈罗德-塞维尔斯克，12 世纪后半叶成为重要城市。

⑤ 古代战争中旗子的作用很大。旗子高举表示斗志昂扬，倒旗则表示溃不成军。

⑥ 符塞伏洛德（Ⅷ-7）是伊戈尔的弟弟，颀长貌美，勇武绝伦。1185 年 5 月 2—3 两日，伊戈尔在奥斯科尔河边等候从库尔斯克来会师的弟弟。本书作者对符塞伏洛德特别尊敬和同情，一说作者是他手下的歌手。

⑦ 当时符塞伏洛德只有一个哥哥伊戈尔，大哥奥列格（Ⅷ-5）死于1180 年。

50　跨上你的骏马。我的弟兄在库尔斯克①早做好准

　　备②，据鞍待发。库尔斯克士兵都是沙场健儿：

　　他们在军号声中降生，在头盔底下成长，用长

　　　　枪尖头喂养；

55　道路是他们走惯的，峡谷是他们熟悉的；弓箭

　　绷紧了，箭囊揭开了，马刀③开刃了。

---

① 库尔斯克地处边境，所以习于备战。符塞伏洛德（Ⅷ-7）是库尔斯克公，可见这段话出自他之口。

② 当时男孩儿从小会进行严格训练：三岁剪去一绺童发，领进教堂做祷告后骑上马背。再过若干时候，长辈授以象征性弓矢。此后练习骑射，参加打猎，随时准备应征入伍。

③ 马刀背厚重，砍劈有力。当时短兵器主要用来砍劈，所以马刀用得很普遍，逐渐取代剑。

60 他们纵马如飞，好似原野上的灰狼。为自己寻

求功名，为公爵寻求荣光。

伊戈尔举目观望太阳，只见黑茫茫阴影① 遮蔽了

他的人马② ；

誓师 65 于是伊戈尔在军前誓师："弟兄们，亲兵们③ ，与

其束手就擒，不如杀身成仁！

跨上你们的坐骑，饮马蓝色的④ 顿河之滨！"

---

① 指 1185 年 5 月 1 日的一次日食，基辅时间下午 3 时 25 分在顿涅茨河流域上空可以观察到。古人以为黑暗是太阳神发出来警告世人的凶兆。"日食"一词直到 16 世纪才出现。

② 12 世纪时罗斯征城乡壮丁须经市民大会通过。伊戈尔此次出征是奇袭式的，未经通过，兵勇只能从附属于公爵的农奴中征募，此外还有少数自愿入伍的人。

③ 当时亲兵分高下两级：高级亲兵即地主贵族，置有产业，平时不在公爵府中做食客，战时带兵；下级亲兵住在公爵庄园，平时劳作，战时当兵。

④ 民间文学中常用"蓝色的"形容江河湖海，除了颜色之外，这里还有"闪闪发光"的意思。

70 功利之心遮蔽了公爵的理智，饮马之欲淹没了

上苍的启示；

"弟兄们，罗斯的骁勇，咱们与波洛夫人决一

75 雌雄①；即使碎首黄尘，也要用头盔舀顿河水

痛饮②！"

说着，伊戈尔公踏上金镫③，在旷野上旋风似

飞去。

日食 80 太阳投下的黑影塞满眼前，像雷雨之夜把鸥鹘④

惊醒。

① 指两军交锋前，双方首领出来单独用戟决斗。只有公爵或酋长有决斗
资格。

② 古代士兵故事中常用"喝敌国河水"来表示得胜。顿河位于波洛夫草
原，所以这句熟语的意思是："打波洛夫人去！"

③ 当时只有公爵才用马镫，富强的公爵会用贵金属来制作马镫或进行镀
面。一般军士只说"跨上马"。

④ 此处指夜间活动的鸟，这天因日食天昏而被惊醒。

85　走兽悲鸣[①]，妖枭[②]挓挲起羽毛，在树梢发出怪声，向"陌生之地"[③]发送警报：

向伏尔加，向黑海海滨，向苏拉河两岸，向苏罗什[④]，向柯尔松[⑤]，还向特姆托罗康[⑥]异教神的石俑[⑦]。

---

① 指野兽的啸声。

② 一说妖枭，一说林妖，一说幻想中的先知鸟。

③ 指波洛夫人游牧之地，在伏尔加河以西。

④ 即现在克里米亚境内的苏达克市。

⑤ 古城。公元前 5 世纪古希腊城邦遗址，在塞瓦斯托波尔市郊。12 世纪是拜占庭的移民地之一。它和苏罗什两地当时向中亚输出奴隶，这也可能是波洛夫人入侵的经济目的之一。

⑥ 位于亚速海东岸，10 世纪归罗斯诸公治理。11 世纪末被波洛夫人占领，由于在草原上招兵容易，势力渐强。罗斯诸侯内讧，失败者往往逃到该地，勾结波洛夫人。

⑦ 指塔曼半岛上直到 18 世纪尚存在的两尊大偶像之一，那两尊像是公元前 4 世纪为崇奉萨内尔格（Sanerge）和阿斯塔蒂（Astarta，古腓尼基的丰收女神）而立。

	波洛夫队伍^① 等不及铺垫道路^②，仓促向大顿河汇集。
90	半夜，战车辖辘辚辚作声，人们误听作草原的天鹅飞鸣。
进发 95	伊戈尔率兵向顿河进发。林间禽鸟向他预示凶兆，狼群在山谷里咆哮^③，叫嚣着呼唤野兽奔向堆堆白骨，狐狸见了血红的盾牌^④ 而尖叫。
抒情插笔	啊，罗斯大地^⑤！你落在了冈峦^⑥ 后边。

---

① 波洛夫人最早于1055年与罗斯接触。1061年首次侵入罗斯，败退。此后忽战忽和，冲突不断。

② 当时道路不好，行军前须加修理或用柴束铺垫。

③ 狼看见红色盾牌，因害怕而尖叫。据迷信，狼尖叫预示灾祸。

④ 古罗斯盾牌多是椭圆形而下尖的，木质，外包铁皮，用洋红涂成红色。

⑤ 也指生活在罗斯土地上的人民、部落。

⑥ 此处指波洛夫草原边上的丘冈，多数是西徐亚人坟墓遗迹，战时用作瞭望岗。

100　夜幕慢慢消失，朝霞渐渐来临。浓雾充塞田野，

　　　夜莺沉默，寒鸦开始啼鸣①。

临战　　　罗斯勇士把红盾在野地上摆得密密层层②，为自

　　　己寻求功勋，为公爵寻求光荣。

首战告捷105　星期五③的大清早，

　　　波洛夫人遭受袭击，地上插满箭矢，抢走波洛

　　　夫姑娘，连同绫罗绸缎和金银首饰；

---

① 据说寒鸦性警觉，能预感暴风雨，躲进森林。泛指白昼出来活动的禽鸟的喊喳。

② 指罗斯士兵把盾牌尖端插入土中，围成矮墙。

③ 据异教迷信，星期五是不吉利的日子。可见作者认为伊戈尔首战之胜是中了敌计。

110 用抢来的车帷、外套和皮袄，还有波洛夫人各

种细软铺垫沼泽和泥泞的土地；

115 红红的军旗，白白的长旒；血色的马尾①，银色

的矛头——献给勇武的斯维亚特斯拉维奇！

露宿   雄武的"奥列格之窝"②野餐露宿——飞得太

远了！③

120 他们不甘心受辱于老鹰与矛隼，岂甘受辱于乌

鸦——波洛夫鼠辈之手？

---

① 绑在旗杆上的马尾或印度牛尾，用作装饰；用洋红染成红色，象征"力量"，以助军威。

② 古俄语"窝"一词有"家族"之意。伊戈尔及其兄弟、子侄都属奥列格（Ⅵ-5）一支。

③ 这句诗充满对罗斯队伍的同情和惋惜。西方文学传统认为过高的追求会带来失败。古希腊神话中伊卡洛斯装上蜡制双翼，飞得太高，接近太阳，蜡融坠死。海明威在《老人与海》中写道："你出海太远了！"是同一感慨。

葛札克灰狼一般飞奔，康恰克^①踏着他踪迹向大

顿河趱进。

再战　125　第二天一大早，霞光像鲜血一般洒下，乌云从

海那边压来，要遮盖四个太阳^②；云层中射出

蓝色闪电——

　　　　130　震天动地的雷声，流矢一般的雨点，眼看从大

顿河那边袭来。

眼看长枪与短铤相接，马刀朝敌盔砍去，在卡

亚拉河^③上，在大顿河附近。

抒情插笔　135　啊，罗斯大地！你落在了冈峦后边。

---

　　① 葛札克和康恰克二人均为波洛夫酋长。据编年史记载，1171年伊戈尔在伏尔斯克拉河上打败康恰克和葛札克二酋。1174年，二酋进犯佩列亚斯拉夫尔，被伊戈尔赶走。1180年：伊戈尔联合二酋攻打姆季斯拉夫于维什戈罗德，不成功。1185年：伊戈尔被俘，康恰克予以保护，儿女结亲。

　　② 指一起出征的伊戈尔、符塞伏洛德以及伊戈尔的儿子符拉季米尔（Ⅸ-9）和侄子斯维亚特斯拉夫（Ⅸ-8）。

　　③ 大概是指顿涅茨河的左支流——贝斯特亚河或卡利特瓦河。

众寡不敌

打头的风，斯特里伯格①的后裔，挟万千乱箭吹

　　向伊戈尔的战士。

140　大地在轰鸣，浊流②滔滔，黄尘滚滚，战旗猎

　　猎，似乎在警告：

波洛夫大队人马从顿河，从海边，从四面八

　　方——来了！

145　罗斯军被围。

鬼子兵喊声震天，四面包抄；罗斯勇士用红色

　　盾牌阻挡。

---

①　基辅公符拉季米尔一世（Ⅲ-3）执政初期试图统一斯拉夫人的宗教，把
所有的斯拉夫异教神祇请进"万圣庙"，以求把民间信仰提高到国教地位。他在
自己宫室附近的一个丘冈上立起六个神的偶像，其中斯特里伯格为天庭之神。

②　浊流是悲哀的象征。

"莽牛"

150 　　"莽牛"符塞伏洛德！只见你一马当先，泼水般
　　　　溅出万枝神箭。挥动纯钢宝剑，向敌人劈面
　　　　砍去。①

　　　　"莽牛"呀，你的金盔②在哪儿闪光，那儿波洛
　　　　夫人头纷纷滚落。

155 　驰名的阿瓦尔钢盔③怎挡得了你"莽牛"符塞伏
　　　　洛德的砍刀？

　　　　老弟呀，你忘掉了功名富贵，忘掉了父传的车
160 　　尔尼戈夫④宝位，忘掉了心上美人格列波芙娜
　　　　的温顺与恩爱——

---

　①　当时波洛夫大军压来，罗斯人惊慌，符塞伏洛德身先士卒，英勇迎战。
　②　公爵用的木制头盔，外包铁皮，镀金。
　③　阿瓦尔是突厥部落的分支。曾侵袭过斯拉夫人、法兰克人和拜占庭。
6世纪在多瑙河流域建立阿瓦尔国，9世纪覆灭，后裔居达吉斯坦，以造钢盔
闻名。
　④　符塞伏洛德的父亲斯维亚特斯拉夫（Ⅶ-4）曾是车尔尼戈夫公。

哪顾得身上的创伤累累？

思古 | 特洛扬的时代过去了，亚洛斯拉夫的岁月[①]一去不返，奥列格·斯维亚特斯拉夫的武功烟消云散[②]。

165 | 只怪那奥列格用宝剑铸成了内讧，大地播满了箭镞。

反思：
自相残杀 | 在特姆托罗康跨上金镫[③]——亚洛斯拉夫大公之孙符拉季米尔·符塞伏洛德维奇听到了这警钟，每天早晨关闭车尔尼戈夫的要塞大门。

---

① 看来本书作者把古罗斯历史分为三个时期：异教时期，亚洛斯拉夫时期和诸侯内讧时期。

② 这里指奥列格（Ⅵ-5）一支与莫诺马赫（Ⅵ-7）一支内讧，连年战火，民不聊生。奥列格还勾结波洛夫部落参战，引狼入室，后患无穷。

③ 当时只有公爵和贵族有条件用贵重的马镫，所以此词组表示"占公爵宝位"之意。指奥列格（Ⅵ-5）1076年任车尔尼戈夫公，次年失位，逃到特姆托罗康。后曾三次企图夺回车尔尼戈夫。

170 　鲍利斯因夸海口①而被送进上帝法庭，在卡宁娜

　　　　河畔为年轻勇敢的奥列格公雪耻而葬身草丛②。

175 　从那卡亚拉河边斯维亚特波尔克下令用侧跑马

　　　　把先父遗骸运回基辅索菲亚大堂。③

　　那时候，奥列格·"苦难斯拉维奇"大权在手，

　　　　到处播下内乱的种子，蔓延滋长；

180 　在诸侯的战乱中，达奇·伯格的子孙④人命危

　　　　浅，家业荡然无存。

---

①　此处指 1078 年奥列格（Ⅵ-5）、鲍利斯（Ⅵ-9）一方与莫诺马赫
（Ⅵ-7）一方打仗。奥列格想议和；鲍利斯不同意，吹牛说单独也能取胜，结果
在涅札季纳-尼瓦战死。

②　士兵弃尸绿茵之上是民间文学中常见的景象。

③　指 1078 年伊札斯拉夫（Ⅴ-3）一方与奥列格和鲍利斯一方大战于涅札
季纳-尼瓦。伊札斯拉夫战死，儿子斯维亚特波尔克二世（Ⅵ-3）命人用两匹并
联的"侧跑马"把父尸放在两马之间的担架上运回基辅安葬。

④　指罗斯人。古斯拉夫人相信达奇·伯格掌管着大地钥匙。冬季他锁闭大
地，把钥匙交候鸟衔到南方鬼国；春天来临时，鸟儿将钥匙衔回，他再打开大地。

在罗斯田野上再听不到农夫叱犊呼马，只听得

185　乌鸦为争腐尸而聒噪，寒鸦为觅残食而嘈杂。

言归正传　那是往昔的兵火，从前的战争；

可如此次大战，谁也未曾见识：

决战　190　从早到晚，从晚到晓，箭矢满天飞，马刀劈面

砍，纯钢长枪呼呼响；在波洛夫草原间，在

"陌生的旷野"上。

195　黑土里填满万马踩入的尸骨，血水灌涨了地皮：

罗斯大地充满悲哀！

这是什么响动？这远方是什么声音，在这蒙蒙

亮的黎明？

		伊戈尔想劝回临阵脱逃的雇佣兵众①；他可怜目
200		睹亲弟符塞伏洛德孤军陷阵②。

苦斗了一天，苦斗了又一天。第三天晌午时分，
伊戈尔的战旗倒下了。

大败 205 在卡亚拉急流的岸边，亲骨肉被俘分手③。流血
像漏卮中的酒浆，罗斯武士设宴请客，灌饱
了亲友，而自己为罗斯大地而倒下。

抒情插笔 210 草茎因怜悯而低头，树干因悲哀而弯腰。
弟兄们哟，不幸的岁月来到了，原上的草掩埋
了战士尸骨。

---

① 5月12日清早，车尔尼戈夫公派来的雇佣兵临阵脱逃，伊戈尔左臂负伤，追上去想说服他们回军。

② 伊戈尔说服不了雇佣军，只身重返阵地，中途被擒，这时他距离自己部队只有一箭之地，亲眼看到符塞伏洛德英勇奋战，不敌被俘。

③ 伊戈尔和符塞伏洛德被俘后被分归两个酋长看管。

215 屈辱①在达奇·伯格后裔的行伍之间显形，她像

　　　　个女子在特洛扬土地上巡行，在顿河附近的

　　　　蓝海上扇动双翅击水，撵走了幸福的时光。

反思：　公爵们反抗异族的斗争不了了之，自己人之间
引狼入室

　　　　的争执振振有词：

220 "这归我，那也归我"，针尖大的微利被看成头

　　　　等大事。

　　　　怨自个儿作孽，铸就大错，让蛮夷乘虚而入。

225 啊，雄鹰！你飞得太远了。

反思：　你本想到海边搏击凡鸟，却落得伊戈尔武士荡
不自量力

　　　　然无存！

---

　　①　屈辱之神（Дева-Обида）是对罗斯人怀有敌意的凶神。其形象是长着天
鹅翅膀的女子，且翅膀可以拆下。

孤军出征　　卡娜和齐利亚① 在后边喊叫，

　　　　　　叫遍了罗斯土地；她俩用火筒喷射火焰②。

　230　　　罗斯妇女哭诉："心上的人儿呀，我们盼也盼不

　　　　　　　　到，想也想不来，望也望不见；

　　　　　　连同金银首饰，都成了过眼云烟！"

战败之辱　　弟兄们，基辅因忧愁而嗟伤，车尔尼戈夫因遭

　235　　　　劫而呻吟③；抑郁泛滥罗斯国土，深深的悲伤

　　　　　　流淌罗斯大地。

　　　　　　诸侯同室操戈，骨肉相残，而骄横的番兵铁骑，

　　　　　　　　践踏着罗斯大地，逐门逐户索取毛皮和钱币。

---

　　① 卡娜是古斯拉夫哭丧女神，身穿黑色长袍，战士离家牺牲时她首先到战
场痛哭。齐利亚是卡娜的姊妹，美艳凄婉，秀发覆面，为死者报丧；焚尸后她收
集骨灰，放进角囊。
　　② 古罗斯风俗：家人得知男人战死，便在家燃起"葬火"。
　　③ 此段描写伊戈尔战败后，葛札克与康恰克率波洛夫军大举进犯，从 5 月
20 日到 6 月下旬，劫掠城镇乡村。当时基辅未遭兵灾，只是"因忧愁而嗟伤"；
车尔尼戈夫遭到掠劫，故云"因遭劫而呻吟"。足见作者用字精当。

240   这两位斯维亚特斯拉夫的公子——勇武的伊戈

　　　尔与符塞伏洛德——离群擅征，无异于授敌

　　　以柄；

　　　原先，他们的父亲[1]，威武的基辅大公斯维亚特

245   斯拉夫以雄兵利剑一举平息了边患[2]：

　　　他长驱直入波洛夫草原，踏遍高陵深谷，翻腾

　　　长河大湖，断竭水源池沼。

---

[1]　斯维亚特斯拉夫三世（Ⅷ-3）实际是伊戈尔和符塞伏洛德的堂兄，但因他任基辅公，故此处尊称为"父亲"。

[2]　此处指 1184 年斯维亚特斯拉夫三世与吕利克（Ⅸ-21）联合各路诸侯进攻波洛夫人获胜，俘 7000 余人，活捉科比亚克（Кобяк）酋长及其两个儿子，囚于基辅武英殿。伊戈尔队伍因初春路冻，马队赶不及，未参与此役。

250 　他以旋风扫叶之势，把敌酋科比亚克从海湾波

　　　洛夫大军帐前擒获，使其做了基辅大公"武

　　　英殿"①里的阶下之囚。

谴责　255 　于是德意志人和威尼斯人，希腊人和摩拉瓦人，

　　　齐声颂扬斯维亚特斯拉夫的荣耀；同声谴责

　　　伊戈尔，因为他把财富抛进波洛夫境内的卡

　　　亚拉河，连同罗斯黄金也扔进水底。

260 　伊戈尔公从金鞍滚落下马，换来了奴仆用的

　　　粗鞯。

---

①　武英殿指公爵府中召集武士议事的厅堂。11世纪时相当讲究，12世纪
已趋简陋，有的就设在门厅里，还临时关押犯人。

罗斯城垣上人们垂头丧气，昔日的欢笑已无踪迹。

惊梦　　　斯维亚特斯拉夫在基辅山冈上做了一个惶恐的梦①：

265　　　"这夜，我躺在紫杉床上，一伙人给我穿上玄色
　　　　寿衣，给斟上浓烈的酒，掺拌着毒药。从番

270　　　人②的空箭囊中向我胸脯倒落好大的珍珠③，还
　　　　对我百般亲热。我那金顶宫室的天棚上缺损
　　　　椽子④。从黄昏起，通宵听得不祥的乌鸦在聒
　　　　叫，它们在普列斯纳河边的林子里叫，然后
　　　　飞向蓝色的大海。"

----

① 斯维亚特斯拉夫三世（Ⅷ-3）巡行至诺夫戈罗德-塞维尔斯克，得知伊戈尔擅自出兵，为之不乐；日有所思，夜有所梦。接着到车尔尼戈夫，伊戈尔部队中的属下别洛沃罗特·普罗索维奇（Беловолод Просович）告诉他失败的消息。但此梦也可能是艺术创造，因为史书中未载此事。

② 原意是"说话需要翻译的人，说外国话的人"，此处指在罗斯土地上居住、帮助公爵打仗或当翻译的非罗斯人。

③ 用空箭囊倒珠子预示雇佣兵临阵脱逃。

④ 天棚没有椽子，象征伊戈尔遇祸。按异教风俗，停尸间屋顶要打开一个窟窿，以便死神出去。

大臣们替公爵圆梦：

"公爵大人，忧愁占据了您的思想。有两只雄鹰

　　离开祖业宝座飞走了，去寻找特姆托罗康城

　　池，还想用头盔舀顿河的水痛饮。双鹰的翅膀

　　被番人用利剑砍掉，自己也戴上手铐脚镣。"

"第三天，天昏地暗：两个太阳暗淡了，两道红

　　色光柱消失了，同时还有两弯新月——奥

　　列格和斯维亚特斯拉夫被阴影遮掩，沉向

　　海底①。"

"卡亚拉河边黑暗吞没光明，罗斯大地上波洛夫铁

　　骑像一群猎豹遍地驰骋，显示蛮夷大长的

　　威风。

---

　　① "海"一词已出现过七次，感情色彩越来越重，至此为最。按古俄语文
献传统，战败的部队总是散失在河中或"海"中。

290　眼看耻辱压倒了荣誉，眼看奴役扼杀了自由，

　　　眼看恶枭制服了大地。

　　哥特①的妖姬在蓝海岸边曼声唱歌，从罗斯掠得

　　　的金银头饰颤巍巍应节相和；

295　歌唱博司王②那个时代，欢呼沙洛康③宿仇已报。

　　亲兵弟兄，我们的欢乐却一去不回了。"

"金言"　　斯维亚特斯拉夫大公④含泪面谕"金言"：

---

① 指在塔曼地区居住的哥特人，他们与波洛夫人有商业往来，所以希望后者得胜，可以通商获利，并从之购买罗斯战俘做奴隶。

② 20世纪30年代起苏联学者认为博司王是安特人（东斯拉夫人的祖先）的酋长。曾与哥特人英勇作战，于375年战败，与其子及70名大臣被处磔刑。

③ 沙洛康是波洛夫的酋长，康恰克的祖父。1107年攻打基辅，被罗斯军击败，逐出草原。伊戈尔败后，康恰克以为报仇时机已到。

④ 即基辅公斯维亚特斯拉夫三世（Ⅷ-3）。当时伊戈尔和符塞伏洛德直接受车尔尼戈夫公亚洛斯拉夫（Ⅷ-4）管辖，而后者不受基辅公管，所以伊戈尔出征时得到亚洛斯拉夫支持即可。伊戈尔的错误在于未曾争取更多的盟军，轻敌冒进。

啊，我近房的族人，伊戈尔和符塞伏洛德！你

300 俩过早地想打进波洛夫土地，为自己寻求荣

耀。可不幸的是竟首战得手，流了番人的血。

305 你俩浑身是胆，仿佛用纯钢浇铸，在凛列寒风里淬硬。

难道就这么来报效我这白发老人！

310 我没有见到亚洛斯拉夫兄弟① 兵多财足、坚强的

势力。车尔尼戈夫的权贵、统领；塔特兰部、

谢比尔部、托甫恰克部、列夫格部、奥尔贝

拉部② ——都听他调遣。

315 这些队伍不执盾牌，只用靴刀③，大喝一声就能

威震敌胆，战胜千军，发扬祖宗的荣耀。

---

① 指斯维亚特斯拉夫三世（Ⅷ-3）之弟亚洛斯拉夫（Ⅷ-4），后者在波洛
夫人中有不少朋友，且与康恰克关系较好。伊戈尔出征时，他只派两支雇佣兵象
征性助战，因为他以为伊戈尔与康恰克也是朋友，不至于正面攻击。

② 这里提到的五种人群都是 12 世纪时在车尔尼戈夫等地居住的非罗斯人，
可能是西徐亚人的后裔。

③ 一种弯刃短刀，可纳入靴中，激烈的肉搏战时才用；大概只有一定地位
的人才有资格携带靴刀。

谴责	而这两人却放言："让我们凭自己本领，把先前
	的武功据为己有，把将来的勋业两人平分。"①
自励 320	弟兄们，说什么：人老了，不能再年轻。换毛
	三次的壮鹰②，能从高空俯击凡鸟③，决不坐视
	自己的老窝受欺凌。
无可奈何 325	可叹的是：各路诸侯不给我支持，时代教人无
	所作为。

---

① 据编年史记载，伊戈尔初战告捷，在战场上得意忘形地说："斯维亚特斯拉夫的胜利是敌人送上门来的，没有打出国境去。我们在敌人土地上打击敌人，俘获他们的妻儿。现在我们要打到顿河去，彻底打垮敌人。如果顺利，我们打到河湾口去，我们祖辈的足迹也未曾到过那里。让我们取得彻底的荣耀和功勋。"

② 据说换三次毛后，鹰就成熟有力，能抵御外来的山鹫。民间用语"换毛三次的鹰"表示"精力正盛的鹰"。

③ 鹰狩猎时，先把鸟往高空赶，接着自己飞得更高，盘旋作势，把鸟赶得疲极；然后突然猛扑下来，捕捉猎物。鹰不飞到一定高度不能扑击，否则，由于动能作用，鹰自身可能触地致死。

历莫夫在波洛夫马刀下叫喊，符拉季米尔因负

伤而呻吟。落到格列伯公子头上的是忧愁与

悲伤！

强大的符塞伏洛德公[①]！请不要拥兵自重，仅在

精神上关心令尊[②]留下的宝座。

你呀！投桨足以溅尽伏尔加之水，脱盔足以戽

干大顿河之波！

---

① 指符塞伏洛德三世（Ⅷ-10），即苏兹达尔大公，很有实力。生八子四
女，号称"大窝"。他是莫诺马赫（Ⅵ-7）一支中最早受"大公"尊号的人。
② 符塞伏洛德三世的父亲"长手"尤里（Ⅶ-6）1157 年逝世时是基辅
大公。

335 只要你肯配合，俘来的女奴只能值一个诺加塔，

男奴值一个列赞纳①。你完全可以从陆上派遣

340 格列伯的虎子们②，像投射活的戈矛一般。

向基辅附近的诸侯呼吁

勇猛的吕利克③，还有达维德④！金盔在血泊里浮沉的难道不就是你的士卒⑤？像原牛一样被利刃砍伤后在"陌生的旷野"上驰突的难道不

345 就是你的亲兵？

二位大人阁下，跨上金镫，投身战斗，

---

① 诺加塔和列赞纳都是小币名，来自突厥语。12世纪末期1诺加塔=2.5列赞纳。

② 此处指格列伯（Ⅷ-8）的五个儿子。1182—1184年他们跟随符塞伏洛德三世（Ⅷ-10）征战伏尔加河上的保加尔人，奉后者为领袖，听其调遣。

③ 吕利克（Ⅸ-21）一生戎马倥偬，拥有实力。他把基辅城让给斯维亚特斯拉夫三世（Ⅷ-3），但自己实际上控制城外的广大地区。

④ 达维德（Ⅸ-22）自1180年起是罗斯最强大的斯摩棱斯克公国的领袖。1184年与胞兄吕利克一起参加出征得胜。1185年伊戈尔战败后，斯维亚特斯拉夫三世向他呼吁求援，他以将领不愿打仗为由拒绝。1197年逝世前皈依为修士。

⑤ 此处追叙1177年罗斯多维茨（Ростовец）之役，当时达维德和吕利克孤立无援，而且由于达维德行动迟缓，终告失败。

为湔雪时代的耻辱①，为罗斯大地，为勇武的伊

　　戈尔报金疮之仇！

向西南　350　"八面玲珑"的加利奇公亚洛斯拉夫②！你雄踞
加利奇公
呼吁　　　　于金座之上指挥万夫把守乌格尔山脉③；阻断

　　　　　　番王④的要道；拦住多瑙河水路⑤；把大石弹抛

　　　　　　入云霄；审理诉讼，影响远至多瑙河；你威

　　　355　震大地；曾攻破基辅城门；从世袭宝座上向

　　　　　　异域邦主射击。

---

① 吕利克（Ⅸ-21）地位比伊戈尔高，后者之败，诸侯不能救，是时代之耻。

② 亚洛斯拉夫（Ⅸ-5），加利奇公，最强有力的公爵之一。加利奇从1098
年起独立于基辅。他是伊戈尔的岳父，死于1187年（有的学者据此认为本书写
于此年）。而针对他的"八面玲珑"外号，各家解释不一：有的说是对他的八种
称赞；有的说"八面"意指"多个方面"，即全能之才；有的说他的聪明可抵八
个人；还有的说他通晓八种语言。

③ 指喀尔巴阡山。当时是加利奇与匈牙利的分界山脉，所以派重兵把守。

④ 据11—12世纪编年史记载，当时罗斯四周只有匈牙利元首称"番王"。

⑤ 当时加利奇公亚洛斯拉夫控制多瑙河下游左岸地方，可以阻断从多瑙河
出海的商船。古斯拉夫人认为多瑙河是众河之母，它汇合了各条河流。南支和西
支斯拉夫人把它看作富足生活的象征。

	大人阁下，你把弓箭枪炮瞄准康恰克这邪恶的
360	奴才，为罗斯大地，为勇武的伊戈尔报金疮
	之仇！

勇猛的罗曼①，还有穆斯季斯拉夫②！雄心壮志使

你追求边功。你高瞻远瞩，像伺机捕鸟的雄

鹰盘势旋凌空。

365 你俩的部下头戴拉丁帽盔，身披护胸甲胄③；

你教大地震颤：希诺瓦、立陶宛、亚特维亚、

370 杰列梅拉④，再加上波洛夫——这些异邦的君

主都丢盔弃甲，匍匐在你的脚下。

---

① 罗曼（X-2），沃伦公兼加利奇公，勇猛精进，武功甚盛，征伐过立陶宛、亚特维亚、杰列梅拉、波洛夫等；在欧洲以"罗斯王"闻名。据说波洛夫人很怕他，用他名字吓唬小孩。他曾把许多立陶宛战俘当作奴隶，使其从事繁重劳动。

② 穆斯季斯拉夫（X-7），别列索普尼策公，都城在沃伦领地。

③ 此处描写沃伦部队的装备，暗示沃伦公爵是半波兰血统：士兵穿西欧式护胸甲，戴圆桶形拉丁头盔（与东方的圆锥形头盔不同）。

④ 指波罗的海沿岸各部落，他们都与罗曼和穆斯季斯拉夫打过仗。

思痛	可是伊戈尔公啊！太阳因你而暗淡，木叶先时 而凋零①，预告灾祸逼近：
375	罗斯河和苏拉河②一带的城镇被瓜剖而豆分，却 不见伊戈尔雄军卷土重临。
	公爵呀，顿河在呼唤，呼唤你再立功勋，呼唤 奥列格支派的勇武诸公③重新披挂出征。
向西北　380 波洛茨克 公呼吁	英格瓦尔和符塞伏洛德，还有穆斯季斯拉夫的 三位公子！诸位出身于雄鹰高门，不是凭侥 幸靠抽签掌握权柄④！

────────────

　① 这是象征手法，表示草木同情人事。事实上，时值五月，不是木叶凋零
季节。

　② 罗斯河是第聂伯河右支流，苏拉河是左支流，都是罗斯与波洛夫草原的
界河。罗斯人在两河边上兴建起一系列设防城市。伊戈尔战败后，波洛夫人蹂躏
该地区，历莫夫是其中之一城。

　③ 指奥列格（Ⅵ-5）的后代，即斯维亚特斯拉夫三世（Ⅷ-3），其子奥列
格（Ⅸ-6）和符拉季米尔（Ⅸ-7），还有其弟亚洛斯拉夫（Ⅷ-4）。

　④ 意指穆斯季斯拉夫（Ⅸ-19）的三位公子不是像有些公爵那样靠抽签取
得领地，而是合法继承得来的。

你们的金盔、盾牌，以及波兰制造的投枪①放着

有什么用？

385　用你们的利箭封锁要道，为罗斯大地，为勇武

的伊戈尔报金疮之仇！

思痛　苏拉河流向佩列亚斯拉夫尔城的水不再闪耀银

390　光②，德维纳河③在波洛夫兵呐喊践踏之下为波

洛茨克送去的只是污泥浊水。

---

①　暗示此三兄弟是波兰国王博列斯拉夫（Болеслав）的外孙，受波兰
支持。

②　苏拉河流经片岩地区，云母和黄铁矿石碎屑掺入水中，发出银色闪光。
此时波洛夫人正劫掠苏拉河沿岸城镇。

③　德维纳河在西北部，与立陶宛接壤，本书作者把它看作佩列亚斯拉夫尔
城的护城河。此时在该河附近罗斯人与立陶宛之间也有小战。

只有华西尔柯的公子伊札斯拉夫挥舞着利剑直

刺立陶宛军盔；动摇了乃祖符塞斯拉夫的英

395　名，而自己倒在沾血的草上（好像新婚之

床），在血红盾牌底下饮刃而殒命。①

他说道："公爵，鸟儿用翅膀覆盖了你的亲兵②，

野兽在吮血。"

400　这儿没有布里亚切斯拉夫兄弟，也不见另一位

兄弟符塞伏洛德。他形单影只把珍珠般灵魂

通过锦绣圆领③从勇猛的躯体送出。

---

① 整句意思是：他倒在沾满血的草地上，像新婚的床上一般，被立陶宛的
剑砍伤。译者按：用新婚床比拟临终之榻，民间文学中常见。

② 意指鹰捕到猎物后会张翅盖住，以防其他鹰争夺。

③ 指公爵外衣上的领饰，圆形或方形，多用金银线绣花，缀以宝石。

405 人们低声饮泣，欢乐潜形，戈罗杰茨号声如咽。

悲悯与谴责   亚洛斯拉夫的后世和符塞斯拉夫的子孙们！把

     你们的旗子降下吧，把你们缺了口子的剑收

     进鞘里吧。

你们辱没了祖辈的光荣。

410 你们内战内行，竟引狼入室，蹂躏罗斯土地，

     糟蹋符塞斯拉夫的世业。内战招来了波洛夫

     番地的暴力。①

---

① 本书作者认为 1065 年起符塞斯拉夫一支与亚洛斯拉夫一支的内讧导致
1068 年波洛夫人大败罗斯军。

追忆涅米 415
加之战

在特洛扬纪元的第七世纪[①]，符塞斯拉夫[②]为心爱
的姑娘不惜孤注一掷[③]。

420

他利用"战马"纠纷[④]窃据基辅，用长矛支撑了
大公宝座。

---

① 此处指异教时期末（即 988 年罗斯接受基督教以前）。译者按：基督教先知预言 7000 年后是世界末日，而伊戈尔之败在 1185 年，合古俄历为 6693 年，接近 7000 年大限。

② 传说中符塞斯拉夫（Ⅵ-1）是个"狼人"，白昼是人，夜间变狼，善疾走。又，出生时头上有一个蛋，一直保留终生，生性嗜杀。1044—1101 年为波洛茨克公。1067 年占领诺夫戈罗德，与"智者"亚洛斯拉夫（Ⅳ-3）的儿辈不和，3 月 3 日与基辅公伊札斯拉夫（Ⅴ-3）、斯维亚特斯拉夫二世（Ⅴ-4）和符塞伏洛德一世（Ⅴ-5）大战于涅米加河上。符塞斯拉夫败，对方佯许议和，把他诱到基辅，关进监牢。1068 年，"智者"亚洛斯拉夫的儿辈在阿尔特河上败于波洛茨人。基辅市民大会聚集城乡平民奋起请战，基辅公伊札斯拉夫不肯提供战马和武器，人民举事，放出符塞斯拉夫。伊札斯拉夫逃至波兰。1069 年，伊札斯拉夫率波兰军攻符塞斯拉夫，双方列阵于基辅附近的贝尔戈罗德镇。符塞斯拉夫自料难以取胜，连夜逃走，夺回波洛茨克公位置。1078 年，莫诺马赫（Ⅵ-7）进攻波洛茨克，烧毁郊外地区。符塞斯拉夫为了报复，率部焚烧斯摩棱斯克。

③ 当时基辅公传位时，用抽签方法决定继任者，与分配战俘相同。此处暗示符塞斯拉夫纯凭侥幸占取基辅公宝座。另外，民间文学中常把攻占城池比喻为娶新娘。

④ 可能与 1068 年基辅人民向公爵伊札斯拉夫要求战马和武器之事有关。

然后他悄然出奔，半夜里野兽般离开贝尔戈罗

425　　　德，在夜幕笼罩下逃走；清早用战斧打开诺

夫戈罗德大门。

他击碎亚洛斯拉夫的荣誉，从都杜特基^①狼奔豕

突地来到涅米加。

430　涅米加河^②上人头纷纷落地，把人命铺在打谷场

上，^③用钢铁连枷打场，将灵魂从躯体中簸出。

鲜血横流的涅米加河边，播下的不是嘉禾良苗，

435　　　却尽是罗斯子孙的白骨。

---

①　1067 年涅米加战役前符塞斯拉夫驻军之地。

②　斯维斯洛奇河的支流，在明斯克附近，后来干涸了。一说河床后来成了
明斯克的一条街。

③　把战争比作农作是民间文学中的常用手法。

	符塞斯拉夫公治理民事，处理诸侯城府公务，
	可突然趁黑夜从基辅逃之夭夭，抢在太阳神
	巡天金车之前，[①] 天未亮就赶到特姆托罗康；[②]
440	波洛茨克城内圣索菲亚大堂晨祷的钟声打响，
	他远在基辅却听得分明。[③]
	但即使他外有强壮体魄，内有机敏灵魂[④]，他一
445	生命途多舛。
反思：	先知博扬有言在先："不管多么机灵，不管多大
作孽自毙	本领，连灵禽[⑤]也逃不过上帝法庭[⑥]。"

---

① 意指"赶在日神之前"，即"在日出之前"。

② 天亮之前跑这么远，极言其速。此处亦暗示符塞斯拉夫（Ⅵ-1）是狼人，黑夜中善跑，鸡鸣则妖巫潜形。

③ 这句意指符塞斯拉夫虽囚于基辅，但他有巫术，能听到自己领地波洛茨克的钟声。

④ 意指先知的灵魂，精通巫术的灵魂。同样暗示符塞斯拉夫是异人。

⑤ 指禽鸟占卜术，即凭鸟的鸣声、飞姿来卜吉凶。古人以为鸟是通灵的，所以鸟卜盛行。

⑥ 指死亡。

450 啊！罗斯大地在呻吟，

回想起过去的年代，从前的诸侯。

那位老符拉季米尔不甘心束缚在基辅山上；

455 好不容易飘扬起吕利克的军旗，还有达维德的

旗帜，

可惜的是他们的旗子飘向不同方向，他们的戈

矛互击作响。

哭夫　多瑙河上，大清早只听得亚洛斯拉夫娜①像杜鹃

啼血那样哭泣：

460 "我要像鸟儿一样向多瑙河飞去，在卡亚拉河里

浸湿轻柔的双袖，为公爵坚强的躯体拂拭流

血的伤口。"

---

① 此处指伊戈尔的第二任妻子尤弗洛西尼亚·亚洛斯拉夫娜（X-1），他们于 1184 年完婚。伊戈尔被俘时，她仅 16 岁。她的哭诉很像异教术士念咒：开始声高，连多瑙河上都能听到；收尾声低。她不像正教徒那样向上帝或圣母祈祷，而直接诉诸自然力。

465 亚洛斯拉夫娜大清早在普季夫尔城垣上哭诉：

"啊，风呀，大风！你为什么，天哪，一个劲儿
470 地吹？用轻盈双翅把番人箭矢冲我亲人的勇
士刮来？你从云端高处扑下，摇晃蓝海上的
船舶，你还想干什么？为什么，天哪，硬把
我的欢乐吹散在茅草丛里？"

475 亚洛斯拉夫娜大清早在普季夫尔城垣上哭诉：

"啊，大名鼎鼎的第聂伯河！你穿透波洛夫境内
480 的石山，你曾经护送斯维亚特斯拉夫的战船
去攻打科比亚克。请快把亲人给我送回，免
得我大清早向大海洒泪。"

亚洛斯拉夫娜大清早在普季夫尔城垣上哭诉：

485 "光明呵，三倍光明的日头！你多温暖，你多美好。

可为什么，天哪，你把灼热的强光尽朝我亲人的

490 勇士射去？在焦热的战地上，你把战士的弓晒成

扭曲，使他们忧伤得连箭囊也打不开？"[1]

夜间，海在咆哮，龙卷风挟着乌云来了。

出逃 495 上帝给伊戈尔指路[2]——回罗斯故土去，回到祖

传的宝座上去，从波洛夫草原出逃。

夜已深，一片漆黑。

伊戈尔睡了，伊戈尔醒着；[3]伊戈尔暗地里盘算

500 从大顿河到顿涅茨的行程。

---

① 亚洛斯拉夫娜的哭诉到此结束。哭诉在本书中占重要地位，是一个转折：在它之前是悲剧，在它之后转变为乐观气氛。或者说，在它之前是黑暗战胜光明，在它之后是光明战胜黑暗。

② 龙卷风从海边吹向北方罗斯土地，似乎苍天在为伊戈尔指引道路。

③ 因为人不可能同时又睡又醒，所以此处不难明白伊戈尔是佯睡，在盘算出逃路线。

半夜，奥鲁尔[1]在河边吹起口哨；提醒伊戈尔：

此时不逃，更待何时？

505　大地霎时轰鸣，草木喧闹响应，波洛夫营帐忙

作一团。

伊戈尔一会儿白鼬般窜身芦丛，一会儿野兔般

510　浮到水面；一会儿快马加鞭，一会儿跳下，

狼也似的奔跑，[2]

直奔顿涅茨河湾。

515　他像一只空中疾飞的饥鹰：捕捉野雁和天鹅，

充当早餐、午餐、晚餐。

---

①　据编年史记载，此人真名拉维尔，母亲是罗斯人，与伊戈尔同乡。他受其他波洛夫人侮辱，所以帮助并随同伊戈尔出逃。后在罗斯封官，并在伊戈尔的撮合下与千夫长拉古伊尔之女完婚。

②　此段利用神话故事笔法，描写主人公从魔窟逃生，变成各种动物；但这里只是拿动物做比喻。

520 伊戈尔鹰一般飞，奥鲁尔狼一般跟；抖落身上

的寒露，赶乏胯下的青骢。

江河之助　　　顿涅茨发话："伊戈尔公呀！莫大的荣誉归于你，

康恰克该受轻视，罗斯大地将得到欢愉。"

525 伊戈尔回话："顿涅茨呀！莫大的荣誉也归于

你：亏了你的安流迎公爵归来，亏了你闪光

530 的沙岸①为公爵铺陈绿茵；你用和暖的浓雾把

他隐蔽在绿荫丛中；叫水鸭在河面，叫绿头

鸭在涛头，叫野凫在风口为公爵放哨②。"

---

① 顿涅茨河穿过阿尔捷马山脉，流水夹白垩俱下，夏季水降，白垩积滩
上，闪光如银。

② 这三种水禽胆怯，见人则飞，正好替伊戈尔报告追捕者的踪迹。

恶水

公爵接着说："斯图格纳河可并不如此。它源头

535

乏水，专靠吞并小沟小溪，到下游出口近处

540

居然像血盆大口，在暗崖深处把年轻轻的罗

斯季斯拉夫公吞噬①；害得母夫人为年轻公爵

而老泪纵横。

花儿因怜悯而发蔫，树木因伤心而低垂。

禽鸟之助

这不是鹊儿报喜——是葛札克和康恰克追寻伊

戈尔。

545

于是乌鸦噤声，寒鸦住口，鹊儿讳莫如深：鸸

鸟替他探路，啄木鸟一声声指引到江滨②；

---

① 11世纪时斯图格纳是条较大的河，南端是波洛夫人势力，北端是罗斯人势力。1093年斯维亚特波尔克二世（Ⅵ-3）、莫诺马赫（Ⅵ-7）和他的兄弟罗斯季斯拉夫（Ⅵ-8）与波洛夫人打仗，春水方生，罗斯季斯拉夫败退，渡河淹死，年仅23岁。

② 此段描写禽鸟也替伊戈尔保守秘密，不让追兵发现。

550	夜莺欢唱光明即将来临。
追兵	葛札克对康恰克说:"鹰飞走了——我们用金箭 射死雏鹰!"
555	康恰克却说:"鹰飞回老窝去了——我们用美人 计绊住雏鹰。"①
560	葛札克说:"这样,我们将既失雏鹰,又赔美 人。而且众鹰将到波洛夫土地上扑打我们。
歌手	博扬和霍顿纳②是斯维亚特斯拉夫的歌手,歌 唱亚洛斯拉夫先朝旧事;他们又是奥列格的 亲信。

---

① 说明康恰克对伊戈尔较好。事实上,伊戈尔之子符拉基米尔(Ⅸ-9)被
俘后与康恰克之女结婚,并于 1187 年携妻儿回罗斯。有学者推测,很可能早在
1180—1181 年伊戈尔与康恰克联合时双方就有儿女婚约。

② 有学者推测,霍顿纳是老一辈歌手,可能是斯维亚特斯拉夫二世
(Ⅴ-4)手下的人。也有学者认为,霍顿纳可能就是本书作者,曾是斯维亚特斯
拉夫三世(Ⅷ-3)手下的歌手。

565 他们说唱："折断肩膀，脑袋支不住；砍了脑袋，躯干站不住。

缺了伊戈尔，罗斯大地十分痛苦。"

归旋 570 太阳在天空照耀，照着伊戈尔回到罗斯。少女们在多瑙河上歌唱，歌声越过大海传到基辅。①

伊戈尔沿波利切夫道路②上坡，来到毕洛戈什圣母大堂③，众人喜悦，山河欢腾。歌唱老一辈

575 公爵，也歌唱年轻诸公：

---

① 12 世纪时罗斯人在多瑙河上有移民地，一直保留到 16 世纪。此句言广大土地上皆大欢喜。

② 从第聂伯河滩向上直通基辅的一条通道。

③ 伊戈尔逃出后先回到诺夫戈罗德-塞维尔斯克，再到车尔尼戈夫，然后到基辅。到基辅后他马上参拜圣母堂，这或许是还他被俘时许的愿。圣母是罗斯的保护神，基辅圣母堂香火特盛，曾有圣母显灵之传说。基辅当时有索菲亚教堂和什一教堂，都是大堂，只许基辅公礼拜。伊戈尔为客，只好进毕洛戈什圣母堂参拜。又因当时诺夫戈罗德-塞维尔斯克和车尔尼戈夫两地均未建圣母堂，所以伊戈尔到了基辅才参拜圣母。

尾声　"光荣呀，伊戈尔·斯维亚特斯拉维奇！光荣

　　　呀，符塞伏洛德和符拉季米尔·伊戈列

　　　维奇！"

580　向你们致敬，为正教^①事业而与污秽之众战斗的

　　　公爵和亲兵！

　　　光荣归于公爵和亲兵！阿门。

————————

　　① 看来本书作者是个正教徒，然而书中多处出现异教神名，并利用异教典故和自然物人格化等民间文学手段，渲染悲剧性事件。这也正说明本书是 12 世纪写成的作品，因为当时老百姓中普遍存在双重信仰的现象。13 世纪以后的文献中极少出现异教神名。

侯世系表

斯维亚特斯拉夫　　华西尔柯
Святослав Георгий　　Василько

符塞斯拉夫 Всеслав
布里亚切斯拉夫 Брячеслав
符塞伏洛德 Всеволод
伊札斯拉夫 Изяслав

伏洛达尔　　符拉季米尔柯　　亚洛斯拉夫　　尤弗洛西尼亚·亚洛斯拉夫娜
Володарь　　Владимирко　　Ярослав　　Евфросиния（1168-）
　　　　　　　　　　　　　　Галицкий（-1187）

斯维亚特斯拉夫三世　　奥列格 Олег（-1204）
Святослав Ⅲ　　符拉季米尔 Владимир（-1200）
　　（-1194）

符塞伏洛德二世　　**亚洛斯拉夫**
Всеволод Ⅱ　　Ярослав（-1199）

　　　　　　　　　　奥列格　　斯维亚特斯拉夫
拉维奇　　　　　　　Олег（1137-1180）　　Святослав Рыльский（-1186）

斯维亚特斯拉夫　　伊戈尔　　符拉季米尔 Владимир Пугивльский（-1212）
Святослав（1106-1164）　　Игорь（1151-1202）　　奥列格 Олег（1174-）
　　　　　　　　　　　　　　斯维亚特斯拉夫 Святослав（1176-1211）

　　　　　　　　符塞伏洛德
　　　　　　　　Всеволод（1161-1196）

罗斯季斯拉夫　　**格列伯**
Ростислав　　Глеб（-1176）

罗曼 Роман
伊戈尔 Игорь
斯维亚特斯拉夫 Святослав
符塞伏洛德 Всеволод
符拉季米尔 Владимир

安德烈 Андрей（-1174）

诺马赫　　**"长手"尤里**　　**符塞伏洛德三世**
Юрий Долгорукий　　Всеволод Ⅲ（-1212）
（-1157）

格列伯　　符拉季米尔 Владимир（-1187）
Глеб

奥尔加 Ольга

　　　　　　　　　　　　穆斯季斯拉夫　　罗曼 Роман（-1205）
　　　　　　　　　　　　Мстислав　　斯维亚特斯拉夫 Святослав
　　　　　　　　　　　　　　　　　　符塞伏洛德 Всеволод

穆斯季斯拉夫　　伊札斯拉夫　　亚洛斯拉夫　　英格瓦尔 Ингварь（-1214）
Мстислав　　Изяслав　　Ярослав Луцкий　　符塞伏洛德 Всеволод（-1202）
　　　　　　　　　　　　　　　　　　穆斯季斯拉夫 Мстислав Пересопницкий（-

罗斯季斯拉夫　　吕利克
Ростислав　　Рюрик（-1212）

达维德
Давыд（-1197）

符塞伏洛德柯　　穆斯季斯拉夫
Всеволодко　　Мстислав
Городенский　　Городенский

ная роспись князей до начала XIII века»）绘制，稍加变动。横向表辈分，纵向表族房。书中提
"伊戈尔（Игорь，Ⅷ-6）"，表示本表第Ⅷ列第 6 行所列之伊戈尔，以别于其他同名者。

I　　　　　II　　　　　III　　　　　IV　　　　　V　　　　　VI

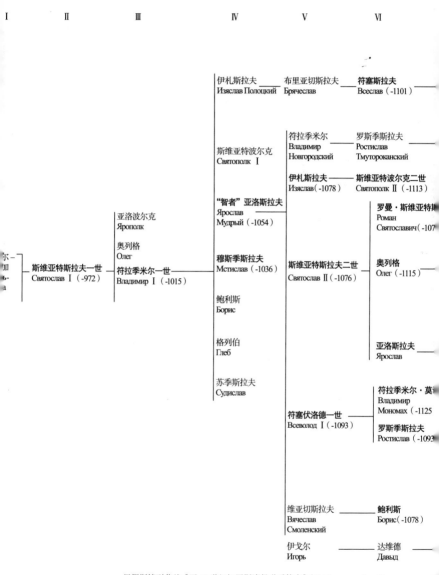

伊札斯拉夫 ——— 布里亚切斯拉夫 ——— **符塞斯拉夫**
Изяслав Полоцкий　Брячеслав　　　　Всеслав（-1101）

符拉季米尔 ——— 罗斯季斯拉夫
Владимир　　　Ростислав
Новгородский　Тмутороканский

斯维亚特波尔克
Святополк I

伊札斯拉夫 ——— **斯维亚特波尔克二世**
Изяслав（-1078）　Святополк II（-1113）

"智者"亚洛斯拉夫
Ярослав
Мудрый（-1054）

罗曼·斯维亚特
Роман
Святославич（-107

亚洛波尔克
Ярополк

奥列格
Олег

符拉季米尔一世 ———
Владимир I（-1015）

穆斯季斯拉夫
Мстислав（-1036）

斯维亚特斯拉夫二世
Святослав II（-1076）

奥列格
Олег（-1115）

斯维亚特斯拉夫一世
Святослав I（-972）

鲍利斯
Борис

格列伯
Глеб

亚洛斯拉夫
Ярослав

苏季斯拉夫
Судислав

符塞伏洛德一世
Всеволод I（-1093）

符拉季米尔·莫
Владимир
Мономах（-1125

罗斯季斯拉夫
Ростислав（-1093

维亚切斯拉夫 ——— **鲍利斯**
Вячеслав　　　 Борис（-1078）
Смоленский

伊戈尔 ——— 达维德
Игорь　　　 Давыд

汉译文学名著

第一辑书目（30种）

第二辑书目（30 种）

枕草子	〔日〕清少纳言著	周作人译
尼伯龙人之歌	佚名著	安书祉译
萨迦选集		石琴娥等译
亚瑟王之死	〔英〕托马斯·马洛礼著	黄素封译
呆厮国志	〔英〕亚历山大·蒲柏著	李家真译注
波斯人信札	〔法〕孟德斯鸠著	梁守锵译
东方来信——蒙太古夫人书信集	〔英〕蒙太古夫人著	冯环译
忏悔录	〔法〕卢梭著	李平沤译
阴谋与爱情	〔德〕席勒著	杨武能译
雪莱抒情诗选	〔英〕雪莱著	杨熙龄译
幻灭	〔法〕巴尔扎克著	傅雷译
雨果诗选	〔法〕雨果著	程曾厚译
爱伦·坡短篇小说全集	〔美〕爱伦·坡著	曹明伦译
名利场	〔英〕萨克雷著	杨必译
游美札记	〔英〕查尔斯·狄更斯著	张谷若译
巴黎的忧郁	〔法〕夏尔·波德莱尔著	郭宏安译
卡拉马佐夫兄弟	〔俄〕陀思妥耶夫斯基著	徐振亚·冯增义译
安娜·卡列尼娜	〔俄〕列夫·托尔斯泰著	力冈译
还乡	〔英〕托马斯·哈代著	张谷若译
无名的裘德	〔英〕托马斯·哈代著	张谷若译
快乐王子——王尔德童话全集	〔英〕奥斯卡·王尔德著	李家真译
理想丈夫	〔英〕奥斯卡·王尔德著	许渊冲译
莎乐美 文德美夫人的扇子	〔英〕奥斯卡·王尔德著	许渊冲译
原来如此的故事	〔英〕吉卜林著	曹明伦译
缎子鞋	〔法〕保尔·克洛岱尔著	余中先译
昨日世界：一个欧洲人的回忆	〔奥〕斯蒂芬·茨威格著	史行果译
先知 沙与沫	〔黎巴嫩〕纪伯伦著	李唯中译
诉讼	〔奥〕弗兰茨·卡夫卡著	章国锋译
老人与海	〔美〕欧内斯特·海明威著	吴钧燮译
烦恼的冬天	〔美〕约翰·斯坦贝克著	吴钧燮译

第三辑书目（40种）

埃达	〔冰岛〕佚名著	石琴娥、斯文译
徒然草	〔日〕吉田兼好著	王以铸译
乌托邦	〔英〕托马斯·莫尔著	戴镏龄译
罗密欧与朱丽叶	〔英〕莎士比亚著	朱生豪译
李尔王	〔英〕莎士比亚著	朱生豪译
大洋国	〔英〕哈林顿著	何新译
论批评 云鬟劫	〔英〕亚历山大·蒲柏著	李家真译注
论人	〔英〕亚历山大·蒲柏著	李家真译注
亲和力	〔德〕歌德著	高中甫译
大尉的女儿	〔俄〕普希金著	刘文飞译
悲惨世界	〔法〕雨果著	潘丽珍译
安徒生童话与故事全集	〔丹麦〕安徒生著	石琴娥译
死魂灵	〔俄〕果戈理著	郑海凌译
瓦尔登湖	〔美〕亨利·大卫·梭罗著	李家真译注
罪与罚	〔俄〕陀思妥耶夫斯基著	力冈、袁亚楠译
生活之路	〔俄〕列夫·托尔斯泰著	王志耕译
小妇人	〔美〕路易莎·梅·奥尔科特著	贾辉丰译
生命之用	〔英〕约翰·卢伯克著	曹明伦译
哈代中短篇小说选	〔英〕托马斯·哈代著	张玲、张扬译
卡斯特桥市长	〔英〕托马斯·哈代著	张玲、张扬译
一生	〔法〕莫泊桑著	盛澄华译
莫泊桑短篇小说选	〔法〕莫泊桑著	柳鸣九译
多利安·格雷的画像	〔英〕奥斯卡·王尔德著	李家真译注
苹果车——政治狂想曲	〔英〕萧伯纳著	老舍译
伊坦·弗洛美	〔美〕伊迪斯·华尔顿著	吕叔湘译
施尼茨勒中短篇小说选	〔奥〕阿图尔·施尼茨勒著	高中甫译
约翰·克利斯朵夫	〔法〕罗曼·罗兰著	傅雷译
童年	〔苏联〕高尔基著	郭家申译
在人间	〔苏联〕高尔基著	郭家申译
我的大学	〔苏联〕高尔基著	郭家申译

地粮	〔法〕安德烈·纪德著	盛澄华译
在底层的人们	〔墨〕马里亚诺·阿苏埃拉著	吴广孝译
啊，拓荒者	〔美〕薇拉·凯瑟著	曹明伦译
云雀之歌	〔美〕薇拉·凯瑟著	曹明伦译
我的安东妮亚	〔美〕薇拉·凯瑟著	曹明伦译
绿山墙的安妮	〔加〕露西·莫德·蒙哥马利著	马爱农译
远方的花园——希梅内斯诗选	〔西〕胡安·拉蒙·希梅内斯著	赵振江译
城堡	〔奥〕弗兰茨·卡夫卡著	赵蓉恒译
飘	〔美〕玛格丽特·米切尔著	傅东华译
愤怒的葡萄	〔美〕约翰·斯坦贝克著	胡仲持译

第四辑书目（30 种）

伊戈尔出征记		李锡胤译
莎士比亚诗歌全集——十四行诗及其他	〔英〕莎士比亚著	曹明伦译
伏尔泰小说选	〔法〕伏尔泰著	傅雷译
海上劳工	〔法〕雨果著	许钧译
海华沙之歌	〔美〕朗费罗著	王科一译
远大前程	〔英〕查尔斯·狄更斯著	王科一译
当代英雄	〔俄〕莱蒙托夫著	吕绍宗译
夏洛蒂·勃朗特书信	〔英〕夏洛蒂·勃朗特著	杨静远译
缅因森林	〔美〕梭罗著	李家真译注
鳕鱼海岬	〔美〕梭罗著	李家真译注
黑骏马	〔英〕安娜·休厄尔著	马爱农译
地下室手记	〔俄〕陀思妥耶夫斯基著	刘文飞译
复活	〔俄〕列夫·托尔斯泰著	力冈译
乌有乡消息	〔英〕威廉·莫里斯著	黄嘉德译
生命之乐	〔英〕约翰·卢伯克著	曹明伦译
都德短篇小说选	〔法〕都德著	柳鸣九译
无足轻重的女人	〔英〕奥斯卡·王尔德著	许渊冲译
巴杜亚公爵夫人	〔英〕奥斯卡·王尔德著	许渊冲译
美之陨落：王尔德书信集	〔英〕奥斯卡·王尔德著	孙宜学译
名人传	〔法〕罗曼·罗兰著	傅雷译
伪币制造者	〔法〕安德烈·纪德著	盛澄华译
弗罗斯特诗全集	〔美〕弗罗斯特著	曹明伦译

图书在版编目（CIP）数据

伊戈尔出征记 / 李锡胤译 . — 北京：商务印书馆，
2023

（汉译世界文学名著丛书）

ISBN 978-7-100-22129-0

Ⅰ.①伊… Ⅱ.①李… Ⅲ.①英雄史诗—俄罗斯—古
代 Ⅳ.① I512.22

中国国家版本馆 CIP 数据核字（2023）第 042042 号

汉译世界文学名著丛书
伊戈尔出征记
李锡胤　译

商 务 印 书 馆 出 版
（北京王府井大街36号　邮政编码100710）
商 务 印 书 馆 发 行
北京市十月印刷有限公司印刷
ISBN 978-7-100-22129-0

2023 年 7 月第 1 版　　　　开本 850×1168　1/32
2023 年 7 月北京第 1 次印刷　　印张 2½　插页 1

定价：28.00 元